KB199296

시선의 끝

시선의 끝

—

초판 1쇄 2025년 4월 11일
지은이 장성자
펴낸이 김영재
펴낸곳 책만드는집

—

주소 서울 마포구 양화로3길 99, 4층 (04022)
전화 3142-1585·6
팩스 336-8908
전자우편 chaekjip@naver.com
출판등록 1994년 1월 13일 제10-927호
ⓒ 장성자, 2025

—

—

ISBN 978-89-7944-895-5 (03810)

시선의 끝

장성자 시집

책만드는집

첫 시집을 발간하고 수준을 높이고 싶어 문학잡지와 시집들을 사서 열심히 읽다가 충격에 빠지고 말았다. 시 한 편의 길이가 3~5페이지에 달하는 길이에 놀랐고 끝까지 읽기조차 힘들 정도로 난해하였다. 반면에 압축과 함축으로 10행 이내의 단시에 깊은 의미를 담자는 시인들의 시를 읽으며 어느 길을 택해야 하는가 혼란에 빠지며 고민을 하게 되었다.

마음이 편치 않은 몇 달을 보내며 시와는 이별을 해야 하나 고민하던 중 우연히 시인들의 모임에 참석하는 기회가 있었다.

그날의 강사는 쉽고 간결하면서 마음에 닿는 시를 써서 사랑받는 나태주 시인이었다. 내가 머리맡에 두고 늘 읽는 시집 저자의 강의를 듣는 행운의 날이었다. 나 시인은 그의 시처럼 간결하면서 형식에 매이지 않는, 자신의 시를 대하는 태도와 시가 품은 철학에 대한 내용을 전달하였다. 강연이 끝나고 질

문할 수 있는 기회에 나의 고민을 토로하자 그는 "선생님 스타일대로 쓰세요"라는 짧지만 직선적인 이 한마디로 나를 살려주었다.

　편안하게, 늘 시작하는 자세로 내 스타일대로 쓴 시들을 모아서 또 한 권의 시집을 세상에 내놓는다. 검은 밤바다의 등대 역할로 길을 잃지 않고 무사히 귀항할 수 있게 도와주신 나태주 시인께 감사의 인사를 드린다.

2025년 봄날에
윤당 장성자

1부 　진정한 봄이 온 날

2부   반가사유상 앞에서

3부 걸음마

4부 시선의 끝

1부

진정한 봄이 온 날

윤동주

어린 시절
처음으로 시를 만나게 되었을 때
시를 쓰고 싶은 마음을 건네준 사람

시인! 하면 떠오르는
학사모를 쓰고
다정스러운 눈길로 바라보는 사진 속의
… 윤동주

세상에 온 이유

너는 아주 작은 풀꽃이지만
이 세상에 피어난 나름의 이유가 있겠지
별을 바라보며 나누고픈 절실한 얘기가
지극한 기도에 새겨 있었으리라

이 세상에 절로 태어난 것은 없다더니

느린 달팽이 한 마리에게도
여름날 세상의 빛을 보아야 하는
말로 할 수 없는 속 깊은 사연이
하늘에 닿을 만큼 담겨 있었으리라

이 세상에 온 이유, 내게 주어진 소명을
모르는 채 살아온 긴 세월
나에게는 어떤 염원이 쌓여 있었기에
아름다운 세상에서 숨을 쉬게 된 걸까

향기 가득한 봄

이른 봄 매화 향이 오감을 깨우며
새로운 계절의 문을 열면
은은한 목련의 향기가
심장의 바닥에 침전하고

벗나무가 내려주는 꽃비가
귓불을 간질이다 흩어져 버리면
소녀 감성의 라일락 향이
폐를 흠뻑 적시는 순간
황홀함으로 세상은 멈춰버린다

아~ 향기 가득한
행복한 봄날
결핍을 느낄 수 없는 이 계절엔
사랑을 고백하지 마라

진달래꽃

어두운 겨울의 침묵을 깨고
축축한 바위 옆에서 피어나는
분홍색 진달래가 없다면
이 강산의 봄을
어찌 상상할 수 있을까

진달래 깔린 들판에서 찢어질 듯
가냘픈 꽃잎을 손끝으로 느끼다가
혀끝에 감도는 보드라움과
엷은 향기에 젖어들면

떠나가는 연인의 길 위에
진달래를 아름 따다 뿌려주겠다던
옛 시인의 핏빛 사랑에 가슴이 떨려온다

풋사랑

좋기는 하지만
아직 가까이 걷기는 좀…
흘끔흘끔 스치는 곁눈질로
표정을 읽으려 애를 쓰다가
사내애가 툭 던지는 실없는 한마디에
여자애는 재미있는지 까르르 웃어대고
뭔가 해낸 것처럼 으쓱해서 사내애도 웃는다
쑥스러워 말없이 걷기만 해도
주고받는 눈웃음이 마음을 이어주고
가끔씩 터뜨리는 해맑은 웃음소리에서
풋사과 향기가 튕겨져 나온다

창문으로 보는 세상

부엌 창으로 보이는
아침의 작은 세상

올망졸망 꼬마들이 노란색
어린이집 버스에 오르네
엄마 뺨에 뽀뽀하고
의자에 자리 잡는 의젓한 모습
유리창을 넘어
손 하트로 사랑의 인사까지…

노란 버스가 골목길을 돌아 나가도
눈을 떼지 못하는 엄마의 애틋한 눈길
'하나뿐인 내 새끼,
집에 왔을 때 어떤 간식 만들어주면
행복하게 웃을까?'
뒤돌아서는 엄마의 마음이 바빠지네

새끼 뻐꾸기

아직 털조차 나지 않은
어린 새 새끼가
자기 곁에 놓인 새알들을
등으로 힘껏 밀어 올려
둥지 밖으로 내동댕이친다
남의 엄마 새 사랑을 독차지하며 자라나더니
어느 날 날개를 퍼덕거리며
드디어 둥지 밖으로 날아오른다
부당한 성장기를 보내고 멀쩡한 어른 새가 되어
제 짝을 찾으려 내는 소리
뻐꾹뻐꾹
사람들은 뻐꾸기를 찬양하는 노래를 불러댄다

후회

마음의 소리 받아쓴
시 몇 줄로
시집까지 출간하고 흥분했지만
반년 지나서 읽어보는 나의 시
부끄러워 고개를 숙이네

회초리를 든 스승도 안 계시고
불빛 없는 검은 바다에서
방향 잃고 떠도는 작은 배가 되었네

미당 서정주 선생님에게
데려다주신다던 아버지 호의를
매몰차게 거절했던 어린 시절…

아버지, 잘못했습니다

할아버지의 기쁜 날

"요즘엔 아가들이 우리 낯설다고
울지는 않지만 안기지도 않아"
별 뜻 없는 중얼거림 속에
아쉬운 바람이 숨어 있었네

오늘은 웬일일까
할아버지 목에 손자가 매달리네
시무룩한 얼굴로 애꿎은 손만 주무르다
할아버지 어깨 토닥거리며 떠남을 말려보네

아직 말을 떼지 못한 어린 손자의
서운함 가득한 눈동자
백 마디 말보다 더 마음을 흔드네

어렵게 손자를 떼놓고 온 할아버지
어깨에 남아 있는 손자의 온기로
오늘 밤 손자와 웃음꽃 피는 꿈길을 걷겠네

어제라는 시간

질펀하게 내리는 비 속에 서서
떠나간 그녀의 이름을 부르는 사람아
그녀가 떠나간 이유도 모르면서
애틋하게 어제를 그리워하는 것은
그대에게서 떠나간 애석함 때문인가

잊어야 하지만 낙인처럼 찍혀 있어
낭만으로 덧칠해 놓은 흘러간 시간이
사랑은 어려울 게 없었던 관계의 미학이라고
… 어제라는 시간이 부리는 마법인 것을

어제는 머릿속에만 존재하고 있는
유토피아

한 줌의 갈증

안개처럼 피어오르는 희미한 얼굴 위로
속살처럼 숨어 있던 의문이 살아난다

그가 뜨는 해를 보며 하루를 구상할 때
창가에서 석양을 노래하고 있던 그녀
한 번이라도 같은 곳에 눈길을 모으며
공감의 한 점을 찍어본 적이 있었던가

함께한 추억의 그림자는 사라졌어도
아직까지 확인하지 못한 채 남겨진
한 줌의 갈증

이렇게 쏟아지는 비 속에서
한 우산을 쓰고 걸으며 그가
진지하게 그녀에게 물어보고 싶은 말
'그때 우리는 정말 사랑을 한 것일까?'

예순 살의 은퇴

가족을 먹여 살려야 하는 책임감,
값진 시간을 투자해서 얻은 지식과
경험으로 쌓아 올린 지혜의 창고인데
그들에게 집으로 가라고 한다
단지 육십 년을 살았다고…

미래로 나아가는 길을
막아버린 은퇴라는 문 앞에서
그들은 처진 어깨로 뒤돌아서 돌아간다

그들이 술잔을 주고받으며
옛날얘기밖에 할 수 없는 건
미래로 나아가는 문턱을
넘어보지 못한 까닭이리라

울고 싶은 날

울고 싶은 날이 있다
이유도 없이
가슴에 쌓인 상처의 신음 소리가
애꿎은 한숨만 끌어 올리는 날

차라리 먹구름 속의 천둥이
벼락 치고 비를 쏟으면 때맞춰
울음을 터뜨릴 수 있으련만…

파가니니의 미친 듯한 바이올린 연주가
넓은 음역대를 오가며
잠자는 오감을 다 깨운다면
시원한 울음으로
가슴을 텅 비울 수 있으련만…

별이 빛나는 밤

청록색 밤하늘의 별들과 주고받는 대화가
고독한 삶의 그늘을 밝혀줄 때
금빛에 둘러싸인 그믐달은
은은한 미소를 보내고

소용돌이치는 바람이
사이프러스나무를 흔들어놓으면
하늘과 땅의 대기가 서로 응답하는 듯

두꺼운 붓 터치 뒤에 섬세한 감성이
어두운 밤에도 빛을 발하며
영혼을 깨우는 그림

화가로서의 평가와 인정은커녕 멸시를 받으며
외로움과 빈곤 속에서 눈물 흘리던 빈센트
이제는 밤하늘의 빛나는 별이 되어
외로운 영혼들의 독백에 귀 기울이고 있는…

줄리엣의 집Casa di Giulietta

눈물이 어려 있는 눈빛이
그의 등을 떠밀고
그리움에 젖어 있는 가슴이
그녀 발길을 재촉하는 곳
… 줄리엣의 집

로미오와 줄리엣이 사랑을 나누던
발코니에 선 자신의 모습을 그려보며
가냘픈 한숨을 내쉬는 젊은이들이

비극 속의 두 사람과는 다른 사랑을,
가슴속의 내 사람은 영원히 머물러 있기를
줄리엣의 옷자락을 쓰다듬으며 기원한다

사랑의 염원을 담은 메모지들을
바람이 쓰다듬고 지나는 벽 위에
빛바랜 메모지 한 장이 눈길을 잡는다
'설렘을 잃어버린 삭막한 마음에
사랑이라는 훈풍이 불어온다면…'

배경에 숨겨진 의미

밤하늘 별들이 저렇게 반짝이는 것은
캄캄한 하늘이 배경이 되어주고
주연배우의 연기가 빛을 발하는 것은
조연배우들의 노고가 받쳐주기 때문

사회의 존경받는 한 지도자의 뒤에는
사랑과 헌신으로 키운 부모와
정성으로 내조한 배우자가 있음인데

눈에 띄지 않는, 소리 들리지 않는
배경에 숨겨진 그 묵직한 의미는
뿌리처럼 땅 아래 깊숙이 자리 잡고 있거늘

이렇게 빨리

아내가 바짓단을
두 번이나 줄여주었습니다
시원스럽게 떼던 보폭이 좁아지니
이젠 아내와 보조를 맞춰 걸어갑니다

나이는 계속 늘어나는데
체구는 점점 쪼그라들고
젊은 때의 개성은 시간 속에 빛을 잃어
머리 색도, 주름도 비슷비슷

품위 있는 코트를 입고
지하철 어르신 지정석에 앉아
젊은 날의 기억을 소환하는 듯
입가엔 씁쓸한 미소가 스치고 지나는데

이렇게 빨리 찾아올 줄 몰랐던…

무궁화꽃

장미처럼 눈에 띄는 아름다움이나
모란꽃 같은 품위는 없지만
대한민국 애국가를 부를 때마다 피어나는
무궁화꽃

한여름 무성한 벌레들의 놀이터가 되고
거미줄에 얽어매인 모습이
자존심 상하고 울분 터뜨리게 하는
조선의 역사처럼 고달파 보이는데

연보라색 꽃잎 활짝 펴고
뜨거운 태양 아래에도 기죽지 않는 모습은
순박함 속에 질긴 생명력으로 버티는
한국인의 국민성과 통하는 데가 있었으니…
우리나라의 국화가 된 이유가 있었구나

묵은 습관

스쳐 가는 시선 끝에 따라오는
세상살이의 한숨들이
무언가 소리 내고 싶어 하지만

허공에 발 내딛는 듯 불안함에
혀끝에서 맴돌던 얘기는
고치 속으로 다시 들어가 버리네

세상의 불화가
말에서 시작된다기에
입을 무겁게 닫던 젊은 시절의 습관

소리는 목이라는 고개를 넘지 못하고
입안의 도끼 될까 봐 묶어두던
혀는 오늘도 제자리에 얼어붙어 있어

감정의 쓰레기를 홀로 삭이던
묵은 습관이
오늘도 답답한 가슴을 치게 만드네

히아신스의 한숨

별빛 모양 꽃잎이 토해내는
달콤한 향기는 사랑하는
아폴론을 그리는 애틋한 한숨인가

미소년 히아킨토스와
아폴론이 나누던 지극했던 사랑은
제피로스의 가시 돋친 질투의 바람으로
미완의 핏빛 그리움에 묻혀버리고

아폴론의 뜨거운 눈물로
숨 가빴던 사랑의 기억을 피워내는 꽃
히아신스

봄이면 염증처럼 터져 나와
아폴론의 가슴을 헤집어놓고 가는
히아신스의 향기
태양을 향해 하늘 높이 올라만 가네

진정한 봄이 온 날

매화가 꽃망울을 터뜨린다고
봄이 온 것이 아니다
버드나무 가지에 움이 튼다고
봄이 온 것이 아니다

겨우내 주일이면 교회로 향하는 길목에
차가운 바람 앞에 떨면서
모자를 들고 절하는 할아버지

검버섯 핀 얼굴 위로
수줍은 웃음이 번지는 그날
우리 동네에 진정한 봄이 온 것이다

2부
반가사유상 앞에서

마음 2

볼 수도 만질 수도 없지만
때로는 그리움이라는 이름으로
눈물을 불러오기도 하고

공감이라는 조각을 모아
외로운 이의 마음에 덧대주는가 하면
몽니 부리는 노인을 토닥여 주며
햇살 같은 웃음을 찾아주기도 한다

이성과 감성 사이에서 그네를 타며
흐르는 시간의 한가운데로 불러내더니
미적거리는 내 등을 밀어서
세상을 향해 걸어나가게 해준다

마음 3

촉촉한 비에 털이 흠뻑 젖어
나무 아래에서 떨고 있는
어린 강아지 한 마리

재킷의 앞섶을 열어주니
후다닥 품으로 뛰어들어 와
내 눈을 올려다본다

마음이 마음을 읽는다

붓꽃을 바라보며

이슬 머금고 기품 있게 서 있는
붓꽃 봉오리 앞에서
나 스스로 매무새를 가다듬는다

선비가 붓에 먹물 입혀
밤새 머릿속을 맴돌던 생각
화선지에 큰 획을 그으며 옮겨 쓰듯이
나 또한 너를 붙들고
묵화 한 점 쳐볼까

기나긴 역사 속에 피워내는 인간의 고뇌
지식과 예술로 전하며
인간의 품위를 높여주던 붓의 쓰임새

붓을 닮은 오늘의 네 모습
꽃잎을 열어 또 다른 청초함을 보여줄 테니
너로 인하여
오월은 아름다움을 더해갈 것이다

아이리스

여린 봄꽃들은
미미한 바람에도 하늘거리는데
대차게 서 있는 너에게는
범상치 않은 정신이 살아 있는 듯

청초한 너의 마음 얻으려고 손 뻗는
주피터의 달콤한 유혹에 매료될 수 있으련만
주노에 대한 신의 지키려고 하늘로 날아가
무지개로 변신하며 지켜낸 너의 고고함

긴 세월 전해지는 신화 속에 피어나
품위 있는 짙푸른 보라색 꽃과
꼿꼿한 자세가 전하려 하는
고귀한 교훈… 지조

연인들의 눈길

버스 정류장에서 손잡고 있던 두 사람
늦게 오기를 기대했던 버스가 먼저 도착하고
차에 오르는 청년의 눈은 아가씨에게
남겨진 아가씨의 눈길은 청년을 따라간다

뒷자리로 향하는 청년을 보며
아가씨도 천천히 발을 떼고
유리창을 사이에 두고 주고받는 눈길이
너무 뜨거워 창유리가 녹을까 걱정스럽다

저 애틋한 마음으로 무슨 말을 주고받을까
벌써 그리움이 가득 실린 연인들의 눈길

인생의 봄날에 한 번 피어나는 아지랑이
부러운 마음… 아쉬운 마음

엇갈린 시선

그가 간절한 시선을 보내고 있을 때
그녀는 숲을 바라보고 있었다
그녀가 그에게로 시선을 옮겼을 때
그는 다른 사람을 보며 웃고 있었다

순간의 엇갈린 시선이 이끄는 대로
다른 목적지를 향하여
걸어가게 된 두 사람

시간이 흐른 뒤
다시 그가 시선을 보낸다 해도
그녀는 하늘 끝을 바라보며
먼 여행길에 오를 것이다

시선의 주고받음이 남기고 가는
감정의 피곤한 찌꺼기가
달콤하고도 쓸쓸한 후렴처럼
머릿속을 맴돌 것을 알고 있기에…

삼십 센티미터라는 거리

아주 가깝지도 멀지도 않은
사람 사이의 거리, 삼십 센티미터는
설렘을 주는 거리라고도 하던데

머리에서 가슴으로 내려오는
삼십 센티미터를 가장 먼 거리라고
어느 신부님은 말씀하셨지

머리로 이해하는 사랑이
가슴에 뿌리를 내리며
진심으로 약자의 입장이 되기까지

가슴의 사랑이 손발까지 이르러
행동으로 꽃피우기까지
수십 년의 시간이 필요하다고…

일정한 거리

훌쩍 큰 키를 자랑하는 가로수들의
녹색 잎이 바람에 춤출 수 있는 것은
일정한 거리를 두고 심어져 있기 때문

꽃밭의 작은 꽃들도
적당히 떨어져 있기에 햇볕을 나눈다

너무 가깝지도 멀지도 않은 거리에서
인간들이 마음을 주고받을 때
아름다운 관계를 오래 유지하는 것이니

너와 내가 늘 그리워하면서
이렇게 떨어져 있어야 하는 것도

우주 만물이 조화를 이루도록
일정한 거리를 두어야 하는
그 순리를 따르기 위함인가

손자의 할머니 돌봄

초등 이학년생 손자가 색종이를 가지고
비행기를 이렇게 접으면 멀리 날 수 있고
꼬리를 살짝 올리면 방향을 틀고…
희한한 비행 쇼를 펼쳐 보이는가 하면

가는 고무줄 몇 개 손가락에 걸고
굽혔다 폈다 하더니
고무줄 위치가 바뀌는 마술까지

할머니 심심할까 봐
어떻게든 재미를 주려고 애쓰는 모습
그 갸륵함에 눈을 뗄 수 없고
즐거워서 입을 다물 수도 없는
어린 손자 녀석의 할머니 돌봄

손녀의 기억력

두세 살쯤이었던가 손녀가
이유 없이 울음을 그치지 않을 때
창밖에서 까치 우는 소리가 났다
"한서야, 까치가 너 온 걸 알고
보고 싶다는구나"
나무 위의 까치를 찾아보느라
손녀는 울음을 뚝 그쳤다

초등 삼학년 학생이 된 손녀가
추석이라고 할머니를 찾아왔다
창밖의 나무를 바라보며
"할머니, 요즘도 까치가 할머니를 찾아오나요?"

엄마 마늘

작년 이맘때 장만했던 마늘 한 접
마지막 남은 마늘 몇 개를 까보니
마른 껍질 속 행색이 초라하구나

윤기는 사라지고 피부는 쪼글쪼글
주름진 마늘 피부를 벗겨보니
아주 작은 마늘의 태아가 숨어 있네

하얗고 윤기가 도는 탱탱한 피부에
싹을 틔우려고 가는 다리를 오므린 모양이
엄마 자궁 속의 아가 모습을 닮아 있구나

다음 세대에게 모든 영양분을 물려주고
조용히 사라져 가려는 엄마 마늘의 모습
인간 엄마와 어찌 그리도 닮았는지…

어머니의 입맛

어머니에게는 좋아하는 음식이 없습니다
짭짤한 게 좋은지 달콤한 걸 좋아하는지
어머니의 입맛도 모릅니다

젊은 시절 시부모님 모실 때는
시아버님 입맛에 맞춰 국은 싱겁게
나물 무칠 때는 시어머님 좋아하시라고
감칠맛 나는 양념을…

큰애 입맛에는 담백하게 맞추고
둘째를 위해서는 고소하고 달콤하게

평생 식구들 입맛에 맞춰 준비하던
수천, 수만 끼의 상 차리기와
오십 년이 넘는 살림의 역사는 있어도

자기 입맛에 맞춰 뭔가를 만든 적이 없어
어머니 입맛이 무탈한지 까다로운지
어머니가 특별히 좋아하는 음식이
무엇이었는지 아무도 모릅니다

나 홀로의 시간

생활 속의 잡다한 일에 허덕이며
숨 가쁘게 고개를 넘어올 즈음
황혼의 축복처럼 받게 된
혼자만의 고즈넉한 시간

나에게서 빠져나와 나를 바라보며
이해하지 못했던 일들을 순리대로 풀어보고
옛사람들 말씀의 깊은 뜻을 되새겨 보는 여유
홀로 있음은 정녕 외로움이 아님을 깨닫는

고요함을 벗 삼은
나 홀로의 시간
마음이 써 내려가는 몇 줄의 시에서
목련보다 환한 행복이 피어나는

어떤 사적 공간

하얗고 윤이 나는 타일 벽 앞에
마주 앉아서
지난 일 천천히 되새겨 보다가
뜻대로 이루지 못한 아쉬움에 떨며
부끄러움 없이 시원하게 울음 터뜨린다

지금 이 순간만은
아무도 내 주변에 얼씬대지 못하는
나만의 공간에서
아무도 날 부르거나 방해하지 못하는
나만의 시간이 허용되는 곳

몸 안의 쓰레기를 비우고
시끄러운 마음을 조용하게 잠재울 수 있는
… 그래서
해우소라고 불리는 그곳

침묵의 시간

분주하게 돌아가는 세상사
논리로 대응하는 끝없는 대화에
이끌려 다닌 하루

지쳐버린 영혼을 뉘고
시원한 바람으로 잡념을 날려 보내고
본연의 나 자신으로 돌아가고 싶어

침묵의 시간 속으로 침잠해 가며
암흑의 심연에서 지우고 비우고 씻어내고
새로 내린 흰 눈처럼 순수하게
아무 생각 없이 홀로 서게 될 때

… 마음의 소리가 들린다
… 가야 할 길이 보인다

침묵의 언어

언어에는 반드시 소리가
동반되어야 하는가

침묵 속에 주고받는 묵언은
의식의 바닥에 쌓아놓은
진심의 한 조각을 전하고 있는데…

세상이 할퀴고 간 상처의 신음이
녹고 녹아 침묵이 되면
그때 눈으로, 가슴으로
조용히 전해지리라

우리는 소리 내어 언어를 쓰지만
또한 소리 없는 침묵으로
더 깊은 의미를 전할 수 있는
우주의 빛나는 별이 아니던가

송광사 스님의 방

방 한쪽 구석에는
차분하게 개켜 올린 이불 요 베개
또 한쪽에는
책 한 권 펼 수 있는 작은 나무 책상
장작불로 덥히는 작은 온돌방에
가느다란 빨랫줄이
두 벽을 가로지르고 있을 뿐…

로마 가톨릭 수도사의 방

높은 천장과 벽, 바닥까지
검은 대리석으로 덮여 있는 서늘한 방엔
한 사람 겨우 몸을 뉠 수 있는
작은 침대와
손때 묻은 성경책 한 권이 놓인
나무 책상과 걸상뿐
세상 모든 것과 단절된 공간

한쪽 벽 중앙에
십자가에 못 박혀 고통받고 있는 예수님
고난의 신음 소리가 검은 고독의 방을 지킨다

사유의 방에서
− 국립중앙박물관 사유의 방에서

금빛으로 피어오르는 벽을 뒤로하고
비스듬히 앉아 있는 반가사유상 두 점이
고요히 사유에 잠겨 있는 곳

어떤 고뇌가 저들을 사유의 세계로 이끌었을까
얼마나 오랫동안 사유의 경지에 잠겨 있었을까
오랜 사유의 끝에 과연 무엇을 얻을 수 있을까
인간은 고뇌의 늪에서 벗어날 수 있는 것일까
어떠한 단계들을 거치면
저렇게 평온한 상태에 이를 수 있을까
어찌하면 타인에게 평안의 미소를 나눠줄 수 있을까

묵언으로
미소로 주고받는
사유의 지평은 끝 간 데를 몰라라

반가사유상 앞에서
− 국립중앙박물관 사유의 방에서

당신의 얼굴에 번지는 조용한 미소는
천상의 기쁨이 있을 것 같은 어딘가로
내 마음을 이끌어줍니다

생로병사 인간의 고뇌
무거운 생각은 당신에게 맡기고
내가 서 있는 장소와
내가 헤아리고 있는 시간을 뛰어넘어
몰아의 언덕에 머물고 싶어

깊은 고뇌의 끝에 찾은
당신의 미소 앞에
나 자신을 내려놓습니다

어두움이 걷힌 후 만나는
한 줄기 빛처럼
당신의 미소가 주는 평안함을
마음 다 비우고 맞이하고 싶습니다

3부
걸음마

감성이 늪에 빠진 날

생각은 궤도를 벗어나
시작과 끝이 서로를 잃고 떠도는 우주에
선망이나 열정은 먼 길을 떠나고
감성도 늪에 빠져 잠들어 버렸나

누군가에게 특별히 전하고픈 말도
간절히 기다려지는 소식도 없이
그리워지는 사람조차 떠오르지 않는

바람에 흔들리지 않고
마음의 원점에 서 있는 나를 찾은 날

뒷모습 2

헤어지기 아쉬워 자꾸 돌아보는
그의 뒷모습이 믿음직해 보일 때
일생을 함께해도 되겠구나 결심하게 되지요

언젠가부터 처진 그의 어깨가 안쓰럽고
뒷모습이 초라해 보인다면
묵은지처럼 곰삭은 정이 쌓인 것이죠

그의 뒷모습을 바라보는
당신의 마음 한구석이 계속 아리다면
사랑이 그를 등에 업고 있는 겁니다

국화

봄바람이 네 뺨을 어루만질 때
태양이 열정적으로 사랑을 고백할 때
천둥 번개가 조바심 내며 겁을 줄 때에도
꽃잎을 다문 채 묵묵히 기다리더니

꽃들의 찬란한 계절이 스러져갈 무렵
너는 찬 서리를 맞은 시린 등을 세우며
홀로 품위 있는 모습으로 피어나니
절개의 상징으로 사군자의 일원이 되었구나

긴 인생길 걸어온 사람의 헛헛한 마음을
은은한 향기로 채워주는 품성
선비들이 너를 칭송하는 시화를 남기려 하던
그 이유를 나 이제 알겠노라

한지

가만히 손끝을 대보면
아스라이 나무의 체온이 느껴져
결을 따라 흐르는 얘기 들어주고 싶네

유려한 광택은 저만치 밀어놓고
은은하게 아늑하게
그저 존재함으로써 만족하는 듯

수수한 절제미에
멋스러운 품격이
달빛처럼 스며들어 있어

묵향 가득 머금고
고고한 정신세계로 이끌어가는
붓과의 만남을 조용히 기다리고 있는 듯

그림 속의 물방울

햇빛을 받은 물방울들이
영롱함을 반사하며
시선을 붙잡는다

서가의 묵은 냄새가 배어 있는
빛바랜 책 위에 구르며
선망의 눈빛을 품은 듯 반짝이는 건
불타오르는 창작의 열정을 태운 끝에
고통스럽게 탄생시킨 영혼의 결정체

그리고 무無의 세계를 향한 작가의
고독이 엉겨 붙은 눈물

꽃무릇

사랑이 활활 타오를 때의
붉은색은
너의 꽃잎에서 나온 걸까

사랑을 이루지 못한 마음
갈기갈기 찢기면
너의 모습이 되는 걸까

피멍 든 인연을 딛고 피어나는 모습에
바람도 애틋함 거두지 못해
네 곁을 떠나지 못하는 걸까

성형수술

대한민국 여성들의
최종 병기가 되어버린 성형수술

성형이 '자신에게는 만족감,
남에게는 좋은 인상'을 넘어서서
사회계급의 상승을 앞당기는
엘리베이터 역할을 하고 있었나

법 앞에 만인이 평등하다지만
사회의 실상을 알아버린
영리한 소녀들이 성형외과를 찾는
그 준비성에 응원을 보내줘야지

'얼굴은 일생의 자서전이고
주름은 인생의 고난을 이겨낸
자랑스러운 훈장'이라더니

망설임 없이 과거 외모와 결별하는 시대

인생의 명언에도
성형의 메스가 필요한 때가 아닌가

쌀뜨물이 일러주다

조촐하지만 든든한 한 끼를 위해
오늘도 쌀을 씻는다
쌀 보리 흑미 수수 조 귀리
여섯 가지 곡물이 만들어주는
구수하고 찰진 밥맛을 생각하며
계속 물로 헹구고 또 헹구고

쌀뜨물에 떠내려가는 곡물은
가장 작은 좁쌀이 아니라
도정 작업에서 생긴 작은 쌀가루들,
추수 과정에서 쪼개진 낟알들
그리고 속이 빈 쭉정이들…

쌀뜨물이 넌지시 일러준다
어떤 인간이 되어야 하는지

다양한 생각

+를 보면
학생들은 더하기라고 읽을 때
의사들은 병원을 떠올리고
경찰관은 사거리를 생각하며 긴장하고
예수님의 십자가 고통을 생각하며
기도드리는 사람도 있지

같은 기호에 대한 다양한 생각들

눈 색깔, 피부색 다르듯이
지구 위의 사람들이
다양한 생각의 길을 따라
다양한 삶을 살아가고 있음은
자연스러운 현상일 뿐인가
신이 처음부터 구상한 계획의 일부분인가…

우문현답

서울대 교수 출신 할아버지
카이스트 교수인 아빠
유치원생이 된 손자

아이스크림을 서울대 로고가 찍힌
그릇에 담아 먹으며 삼대가 대화를 나눈다
아빠가
"한준이는 서울대가 좋아요,
카이스트가 좋아요?"

"아이스크림"

스핑크스

아침엔 다리가 넷, 낮엔 두 개 그리고
저녁엔 세 개의 다리로 걷는 게 무엇이냐?
수천 년 전 스핑크스가 인간에게 던진 수수께끼

반듯한 이마 아래 고운 눈은
이집트의 하늘 끝에 머문 채
응고된 시간의 그물에 갇혀버린 스핑크스

그리스 영웅들의 지혜도 영광도 권력도
바람에 날리는 모래처럼 허무할 뿐이라고
인간에게 겸양의 교훈을 전해주고픈 건가

신화 속에 태어나 인간의 역사를 지켜본 기억을
거대한 돌 속에 새겨 넣은 스핑크스
오늘도 고뇌하는 오이디푸스를 기다리고 있는가

한 가족 한 자녀 시대

그는 무녀독남으로 태어나
　"형아" "누나" "동생아" 불러본 적이 없다
그의 아버지는 외아들
　큰아버지, 삼촌, 고모가 없다
그의 어머니도 외동딸
　큰이모, 작은이모, 외삼촌이 없다
그의 할아버지는 독자
　큰할아버지, 작은할아버지, 고모할머니가 안 계신다
그의 할머니도 무남독녀
　큰할머니, 작은할머니, 진외종조부가 안 계신다

그에게는 삼촌, 사촌, 오촌, 육촌, 칠촌, 팔촌
촌수를 따질 일도, 사람도 없고
친척을 부르는 호칭이 쓸모가 없다
가족의 의미를 담은 단어는 사전에만 존재할 뿐…

기저귀

제일 더럽고 냄새나는 것을
담아버리는 것이라고
함부로 쉽게 생각지 말자

수수한 흰 무명의 기저귀지만
인간의 품위를 지켜주는
유일한 필수품이 되어

인생의 출발점에서
세상의 빛에 몸을 맡긴
어린 새 생명에게
처음으로 몸에 입혀지는 그것이

먼 여정을 앞둔 생명의
꺼져가는 체온을 붙잡고
생과 작별을 고하는 애끓는 순간까지
몸을 감싸주는 그것이기도 한 것을…

플라타너스의 가을

불타는 여름 뙤약볕에도
땀 한 방울 안 흘리던 손바닥 모양 잎사귀들
길게 드리우는 한 자락 빛에게
생명의 녹색을 아낌없이 줘버리더니

잠시 머물다 가는 가을바람이
다정하게 속살거리다 떠나간 뒤
플라타너스잎들이 수런거리며
장엄한 계획을 결의한다

세 계절을 새겨 넣은 역사가 추
　　　　　　　　　락
　　　　　　　한
　　　　　　　　다

명절의 뒤안길

고향을 찾는 설레는 마음이
고속도로를 메울수록
한 줌의 여유가 더욱 아쉬워질 때

장터에서 북적대는 사람들
흥정하며 터뜨리는 웃음소리에
빈 장바구니를 손에 말아 쥔
할머니의 마음은 쪼그라들기만 하고
막연하게 명절을 기대하는
철없는 손자 녀석이 애처롭기만 하다

전 부치는 냄새 여기저기 번지는 명절 하루 전
장터 주변을 서성거리는 할머니의 그림자는
오늘따라 더 메마르고 쓸쓸해 보이는데

상반된 욕구

마차보다 빠르게 가려고
자동차를 발명하고
엔진에 발전을 거듭하며
스피드 경주를 즐기고

가벼운 운동복과
탄소섬유의 운동화를 신고 달리며
신기록 수립을 위해 피나는 연습도 한다

빠르게, 빠르게, 더 빠르게
속도로 승부를 가르는 인간 세상에서
제발 늦게, 늦춰지기를 소원하는 한 가지는
… 노화

한강이 얼다

강변 나뭇가지에 앉던 까치들이
얼음 위를 걸어 다니며
콕 콕 얼음을 찍어본다
까치 생에 처음 맛보는 빙수 맛

늘 손 흔들며 떠밀려 가던 강물이
꽉 껴안고 단단히 뭉쳐 있다니…
오랜만에 타오르는 겨울의 열정에
도도한 한강 물도 어쩔 수 없었던가 보다

바람 3

별생각 없이 걷다가
반짝 떠오르는 시 한 구절

나뭇가지를 스치는 바람과
몇 마디 나누다 보니
시 한 구절 어디론가 사라졌네

바람이
마음속 시 한 구절 데리고 가버렸나
바람이
시를 좋아하는 줄은 몰랐는데…

해 질 녘의 그는

그는 오늘도 씩씩하게 살아가겠지
주변 사람들과
부드러운 대화로 정을 쌓아가며
무난하게 하루를 마무리 짓겠지
타들어 가는 황혼을 마주 보며
집으로 향하는 길 위에서
그는 잠시 걸음을 멈추겠지

담장 옆의 접시꽃이 흘리는 옅은 향기…
가느다란 떨림 뒤로 왈칵 솟아오르는
그리움으로

걸음마

어린 나무들 사이로 하얗게 드러난 길
느긋한 독서가를 위한 나무 의자가
조촐하게 놓여 있는 교회 뒷마당

휠체어를 타고 이곳을 찾은 할머니
가벼운 발걸음으로 산보하는 사람들을
부러워하며 한숨지을 때

할머니에게 다가와
두 손을 내미는 한 아주머니
잠시 망설이다가 그 손을 잡더니
용기 있게 내딛는 한 발짝… 두 발짝
첫걸음마 떼는 아가처럼
자랑스러운 웃음꽃이 얼굴 위에 피어나네

예수님이 손 내밀어
앉은뱅이를 일으켜 걷게 했다는
성경 말씀이 떠오르는 교회 뒷마당

4부

시선의 끝

봄비의 부탁

벚꽃 봉오리 쓰다듬고 싶지만
떨어뜨릴까 조심스러워
봄비는 나무 기둥 쓰다듬으며
뿌리 끝까지 스며드는데

작은 우산 하나에 기대어
다정히 걷는 젊은 남녀
봄비를 핑계로 더욱 가까워질 때

촉촉이 내리는 봄비의 한마디
'이제 막 시작한 사랑,
봄비 맞으며 잘 키우세요~'

튤립의 자존심

새침하게 입을 모으고
눈으로 인사하는 튤립 송이들이
봄날의 한가운데로 사람들을 불러 모으네

튤립을 경제라 부르며
값어치를 올렸다 내렸다 하던
먼 나라 인간들의 변덕에 아랑곳하지 않고
수백 년을 지켜낸 구근식물의 생명력

허리 꼿꼿이 세우고
역사의 굴곡을 힘겹게 이겨내더니
온갖 꽃들이 널려 있는 봄날의 정원에서
단연코 눈길을 모으는 선명한 색깔!
옹골찬 튤립의 자존심이 살아 있었네

노을의 마음

서울을 향해 달리는 버스 뒤 창문 보며
노을이 숨 가쁘게 따라온다
숨이 차고 열이 나는지
내 등을 따뜻이 데워줄 무렵
회색 구름이 머리카락처럼 흩날리며
하늘을 검푸른색으로 물들여 갈 때
노을은 산등성이 너머 주저앉아 버린 듯
내 등이 다시 서늘해진다

노을의 마음은 서울 가고 싶다는데
몸이 따라주지 않는 아쉬움

어느 첼로 연주자

인간의 왼쪽 가슴에 기대어
심장의 울림을 전하는
첼로의 선율

나지막한 떨림은 공중에 흩어지고
연주자의 비 내리는 감성이
청중의 마음을 빗속으로 끌고 갈 때

악보를 따라가는 연주자를 제치고
뛰쳐나오는 외로운 심장의 소리침,
품위 있는 저음의 유려함을 비집고
손 내미는 말 못 할 애절함이 있어

감정이 소용돌이치는 선율 위로
스쳐 가던 서글픈 미소
텅 빈 무대 위에 아직도 어른거리네

알람브라궁전

붉은 색깔의 평범한 각이 진 성채
장미의 문을 통과하면서부터
감탄사를 연발하며 둘러보게 되는
이슬람 건축 양식의 나스르왕조 궁전

인간의 손으로 깎고 다듬고 새긴
천장과 벽과 바닥은 환상의 세계에 온 듯
극한의 아름다움에 찬사조차 잊게 하는데

'신이 유일한 승리자다'
예술성이 가미된 글씨와 함께
기하학적 문양의 타일로 덮은
벽을 따라가면 눈앞의 천장엔
벌집 모양의 입체적이고 정밀한 장식,
신의 솜씨를 대물림한 듯
정확한 설계와 계산에 기반했다니…

아치형 기둥들이 떠받치고 있는 궁전 앞

열두 마리 사자의 분수대 곁에서
그들은 어떤 대화로 시간을 수놓았을까?

칠백 년 전 인간이 이루어놓은
이슬람문화의 창조적인 예술성에
은근하게 존경과 부러움이 살아날 때

반드시 떠나와야 하는 나그네의
떨어지지 않는 무거운 발길
내 전생에 머문 적이 있었던 걸까
마음 한구석 상처처럼 자리 잡아
눈물을 부르는 그 이름, 그리운 알람브라!

나미브사막

눈이 시린 코발트블루 하늘 아래
사막 모래의 붉은 오렌지색이
강렬한 대조를 이루는 나미브사막

먼 옛날 습지의 흔적이었나
허옇게 마른 바닥 위에
툭툭 터져 있는 문양이 원을 그리고
역사를 증명하는 듯
새까만 나무 한 그루 서 있다
헤아리기 힘든 시간을 삼킨 나무 미라

자연이 그려낸
풍경화 한 점
눈부신 태양이 혼자 감상하고 있다

명자나무

밝은 빨간 꽃, 하얀 꽃이
한 가지에 나란히 앉은
사이좋은 모습에
자꾸 눈길이 간다

너희들은 사이좋은 남매인 거니
전생부터 금슬 좋은 부부인 거니
오가는 사람들 발길 멈추고
한 번씩 고개를 갸웃거리네

명자나무야,
한 가지에 피어나는 두 색깔의 꽃들처럼
이 작은 땅에서 남북한 국민들이
평화롭게 살 수 있는 지혜를
스스로 깨닫는 날이 언제쯤 찾아올까?

나 오늘은

나 오늘은 가벼운 신발이 되어
그대 발에 신겨주고 싶어요

차분한 걸음으로 숲으로 찾아가
나무 향기처럼 청아한 시 읊조리는
그대의 모습 지켜보고 싶어서

나 오늘은 상큼한 꽃우산이 되어
그대에게 씌워주고 싶어요

눅눅한 지난날을 모두 잊고서
비의 리듬처럼 나지막이 부르는
그대의 노래 들어주고 싶어서

나 오늘은 저 하늘의 반달이 되어
그대 밤길 비춰주고 싶어요

축 처진 그대 어깨를 다독거리며

오래전부터 남몰래 가슴에 새긴
그대의 모습 품어주고 싶어서

회색의 인상

중세기 기사의 섬뜩한 칼에서
이십일 세기 최첨단 기계로 옮겨 간
차가운 쇠의 색깔을 연상시키기도 하지만

우울함이 넘쳐흘러
하루 종일 부슬비를 뿌리는
두툼한 구름이 품고 있는 색이기도 하지

흑과 백의 극적인 색깔 배합으로
탄생하는 무채색의 세련미는
편안하지만 나태하지 않은
침착하지만 냉정하지도 않아

연륜을 딛고 자라난 머리카락 색처럼
푸근하게 기댈 수 있을 것 같은

다운 코트Down coat

한겨울 서울 거리엔
얼마나 많은 거위와 오리가
북서풍에 맞서며
힘차게 걷고 있는가

성의 구분도, 연령 차이도 없이
가볍고 따뜻하다는 분명한 이유로
모두 검정색 다운 코트를
교복처럼 당당하게 입었네

고층 건물 대기업 사원의 것도
오토바이로 달려가는 배달부의 것도
겉모습은 크게 다를 게 없는
검정색 다운 코트

한겨울 서울 거리에는
검정색 다운 코트로 통일된,
겨울바람 앞에 평등한
시민들이 활기차게 걷고 있다

사랑 6

열한 살짜리 소녀가
누군가에게 우산을 받쳐주고 있다
비를 연신 맞으면서도
웃음 띤 얼굴로
비를 가려주고픈 키 큰 남자는
스무 살이 넘은
장애를 가진 오빠

시詩들의 대화

마음의 제일 밑바닥까지 내려가라고
모든 것을 다 비우고 하늘 아래 서면
바람과도 마음을 나눌 수 있을 거라고…
나지막하게 들려오는 소리

마음의 땀으로 영근 시들이
시집에서 걸어 나와
마주 서서 정답게 얘기를 나눈다
돌아갈 때 집을 바꿔보자며 킥킥 웃기까지

도란도란 주고받는 말소리에
밤새 엷은 잠이 흔들리더니
아침에 깨어 잠자리를 정리하다 보니
베개 밑에 시집 두 권이 자고 있었다

그 얼굴이 그 얼굴

삶의 질곡 속에 발버둥 치며
살아온 세월 증명하듯이
얼굴엔 검버섯이 수를 놓았고
머리는 성글성글한 갈대밭이 되었네

눈가엔 자글자글 입꼬리엔 팔자주름
주름 잡힌 목살도 내려앉아
세월의 뒷자락으로 밀린 곱상함도
화장으로 공들인 보람이 없네

멋진 외모를 자랑하던 사람들도
콤플렉스 하나쯤 가진 평범한 그들도
인생이라는 굴곡진 길을 걷다 보니
그 얼굴이 그 얼굴

갓 태어난 어린 아가들 얼굴
아들딸 구분 없이 비슷하듯이
인생 선배들의 얼굴도 비슷하게 닮아가더라
원점으로 돌아갈 날이 가까워지면

피멍 하나쯤

눈빛으로 침묵의 여백을 이해한다며
미래를 함께 꿈꾸고 싶다던 사람
다른 꿈을 좇아 멀리 떠나갔어도

지워지지 않는 향기가
그 계절을 기억하고
한 번씩 가슴을 흔들어놓으면
가느다란 한숨 끝에 검붉게 되살아나는
피멍

누구에게나 가슴에
하나쯤 새겨져 있는…

자작나무

너의 몸을 태울 때
자작자작 소리가 난다고
자작나무라는 이름을 얻었다지?

얇은 껍질로 나무 기둥을 곱게 싸고
그 위에 하얀 가루를 묻힌 듯
신비스럽고 깨끗한 모습은
구름나라에서 살다가 지구로 온 것 같아

함박눈 내리는 날 더욱 아름다워
멀고도 추운 나라에서만 사는 줄 알았는데
너의 껍질을 불쏘시개로 활용하면서
'화촉을 밝힌다'는 옛말도 생겨났다니
하얀 기둥을 쓰다듬으며 친근한 마음 키워본다

이유 없는 반항

인도 여행 중 사막에 노을 지는 광경을 보고 싶어서 낙타를 타고 사막으로 떠났다. 사진 속 광경처럼 일곱 마리 낙타가 한 줄로 대열을 이뤄 터벅터벅 걸어가던 중 몸집이 좀 작고 예쁘장해 보이는 낙타 한 마리가 방향을 틀며 대열에서 빠져나갔다.

낙타를 돌보는 소년이 황급히 뛰어가 낙타를 잡아다 대열에 합류시켰지만 세 번이나 같은 일이 반복되었다. 하루 일정이 끝난 후 모두 한숨을 내쉬며 그 낙타에 대해 물어보았다.

낙타 돌보는 소년이 말하기를,

"그 애는 지금 한창 사춘기예요."

그리움

어느 한 사람으로 인하여
비켜 가지 않는 고통을
앓는 이가 있다

멈출 수 없는
한 사람을 향한 그리움은
공허한 가슴에 녹아드는 고독한 황홀함

텅 빈 사유의 공간에서
한 사람을 그리워하던
그 시절을 그리워하고 있다

굽은 등

금쪽같은 손주가 낮잠 자는 틈에
동네 마트에 나온 등 굽은 할머니
과자 두 봉지를 사 들고
종종걸음 치며 길을 건너간다

키가 절반으로 접힌 할머니의 등은
생활 전선에서 치러낸 삶의 무게와
뻐근한 허리 두드려가며
자식과 손주들 업어 키우던
눈물겨운 가족 역사의 기록물

오늘도 손주 돌봄으로 마음이 바쁜
할머니의 굽은 등 위에는
따뜻한 사랑이 업혀 있다

시간의 흔적

흰 가운을 입은 젊은이들 사이로
물병 하나 들고
걸어오는 머리 허연 남자

어느새 저렇게 키가 줄어들었지?
훤칠한 키를 자랑하며
넓은 보폭으로 걸어 다니던 사람인데

품이 헐렁해진 웃저고리
약간 구부정해진 어깨에
겸손이 지나쳐 기가 죽은 듯한 표정

시간이 스치는 틈새로 비춰지는
한 줄기 서글픔

시선의 끝

막연하지만 헤쳐나갈
앞날이 있다는 설렘으로
시선의 끝은 하늘을 올려다보며
꿈을 키우고 있었지

지금, 여기의 중요성을 깨달을 즈음
만만치 않은 직장 일과
집안일이 떠미는 긴장감에
앞만 보며 발걸음을 재촉했었지

시간과 함께 달려온 흐릿한 눈으로
균형을 잡으며 조심스레 내딛는 발걸음
시선은 다소곳하니 발끝에만 머무르고 있지
익숙한 듯 새로운 한 치 앞을 알 수 없으니…

소망

등 토닥여 주는 듯
손끝의 따스함이 느껴지는

잘 익은 붉은 포도주처럼
깊은 향기가 감도는

소박한 표현이지만
품위를 잃지 않는

베갯머리에서도
자꾸 떠오르는 시의 마지막 한 구절로
누군가의 마음을 위로해 줄 수 있다면…